식물의 감정

김빈 시집

식물의 감정

달아실기획시집
35

보조 용언과 합성 명사의 띄어쓰기 등 본문의 맞춤법은 시인의 의도에 따른 것임.

힘겹게 버티며 살아냈던
모든 것에서 벗어난 흐름의 여유도 없이
당신이 있어도 없어도 이 허허로움은 어디에서 오는
쓸쓸함일까요?
이제 괜찮아, 괜찮아질 거야
꿈에서도 현실에서도 되뇌며 나는 당신에게 당신은 나에게
어떤 형상으로든 스미어
당신의 자유와 나의 평안이 그 어떤 빛에라도 반사되어
흐르기를
내가 살고 있는 일상에 당신의 자유를 저장합니다.
나의 평화를 응원합니다.

2024년 9월
김빈

차례

식
물
의

감
정

2부

3부

4부

1부

하트 핫

시간의 껍질 속에 갇혀버렸다

빛의 속도로 떨어진 시간 속에

이미, 결별인 것처럼 숨을 멈추고 있다

응급으로 달려온 심장도 그와 함께 정지해 있다

전기 충격기에 심장 자지러지는 동안 초록의 기억을 놓지 않고 있다

생과 사를 세 바퀴쯤 돌아서 인공호흡기에 내 심장과 함께 숨을 매달고 있다

사생결단을 한 신의 한 수, 핫 하트

가족사진

손자가 말했다

할아버지 사랑해요

감긴 눈 다시 뜨더니

가족사진 찍듯

남은 한 호흡으로 모두를 담고

눈을 감았다

식물인간

나는 너의 눈이 되고 입이 되고 기억이 되어 너의 숨소리를 듣는다

너의 깜박이는 눈으로 소리를 듣고 너의 몸을 만지며 세포를 깨운다

검은 눈과 마주칠 것 같은 예감을 창으로 흘러들어오는 햇살에 지운다

네 눈가를 흘러 내 심장에 박히는 눈물은 별의 발등에 묻는다

살아남은 자의 무게를 지우는 햇살

빛은 어둠을 관통해 길을 찾아 돌아 나오고 있다

나는 닫히지 않는 귀를 애써 닫으며 꿈을 꾼다

너에게로 다시 돌아오기를

소망일지

2023년 7월 3일 월요일 입원

길어야 일주일입니다

준비하시라는 의사 선생님 말씀이 까마득하게 흘러들어왔다

나는 그를 간병하다 지쳐 대상포진에 시달리고 있었다

내가 나를 용서하고 사랑할 수 있을 때라야 기도가 나올 것 같아

천지가 뚝 끊긴 나는 그를 지켜보는 일뿐 아무것도 할 수 없었다

불 꺼진 신음 속에 어둠이 짙게 몰려오고

신음 소리마저 잦아들면서 말도 할 수 없게 되었다

아무것도 필요 없으니 아프지만 말게 해달라고 해

그는 고통 때문에 마약에 의존해 일주일을 살았다

그마저도 시간이 지날수록 아무 소용이 없었다

많이 힘들게 했던 사람 그래도 내가 더 많이 사랑했던 사람

그가 떠난 후 기도가 터지고 못 해 준 거만 기억에 남아 있다

말랐던 눈물이 흘러 그를 위로하고 있다

좋은 곳으로 잘 가세요

그리하여 내가 세상에 마음 벼린 날 그대가 날 위해 기도해주세요

2023년 7월 9일 일요일 저녁 6시 27분에 사망

하자보수

시작부터 삐거덕거린다

일꾼들 부려놓고 그는 공사비 챙겨 사라졌다

도박장에서 웃음을 지전처럼 날리며

그 순간

한 손에는 술병을, 한 손에는 담배를 피워 올리며 천국
을 맛보겠지만

허공에 머리를 박은 채 바닥까지 추락하는 영혼

생사로 겹쳐 흐른다

예보에 없던 비 지나가고

봇물처럼 터져버린 공사비 파장은

아직도 보수 중이다

영혼을 털린 자

빈껍데기로 돌아왔다
  그는 허방을 걷는 듯했고, 눈은 풀려 영혼을 뺏긴 자 같
았다
  밥을 찾을 때와는 달리 슬며시 들어와 이틀 밤낮을 죽
은 사람처럼 잤다

  도무지 이해할 수 없는 탈탈 털린 그의 허상
  차를 걸고
  집을 걸고
  마누라까지 걸었겠다

  그는 꿈속에서도 영혼을 팔고 있었다
  잠에서 깨자 씩 웃고는 꿈이 좋았다며, 옷을 갈아입고
집을 나갔다
  그의 끝은 도박 천국일 것이다

우린 삐에로

체면에 빠져서 어둠이 깊어가는 줄 몰랐다
너의 밥은 술이며
너의 위로는 도박이며
연실 뿜어대는 담배는 너에게 약이다
어둠이 깊어질수록
나는 자꾸 별을 걸어두었다
나의 쓸데없는 미련이 너를 늪에 빠지게 했고 착각은
깊어졌다
중심이라 믿었던 내 믿음이 나를 아프게 했다
나는 웃고 있지만 내 웃음 뒤엔 네가 있다
이제 나는 그 늪에서 너를 꺼내주기로 했다
사람들은 우릴 위로하지만
사실은 웃고 있다
착각의 늪에서 빠져나오기로 했다

못

너를 가질 수 있다는 것은 통증을 받아들이는 일
네가 나를 향해 못질을 해대도
함께할 수 있다는 것은
내 안에 네가 있기 때문에
숨 쉬는 일조차 엇박자라야 맞는 일

너와 함께한다는 것은 네 것을 받아들이는 일
가슴에 너를 대못처럼 박고
중심을 잡을 수 있었던 것은
상처를 잘 붙들어 매놓아야 하기 때문에
서로에게 남겨진 시간을 잘 조율해야 맞는 일

강이 된다는 것은

강이 되고 싶었던 그가
강 위에 줄 하나 내리고 있다
강물이 흐르는 걸 알게 되면
쉴 곳과 머물 곳마저
떠내려가고 만다는 걸 알고 있다
짙푸른 물줄기 거슬러 오를
튼튼한 부레 준비하지 못한 채
입질 뜸한 강가로
세찬 바람의 티끌들
불안을 내린다
아가미 꿰인 푸른 울음으로
비린 기억을 낚아 올릴 그에게
가지런히 매달려
한 박자 한 박자
음계를 올리고 있다

물의 길

물의 몸은 계단이다
계단의 양수로부터 우주를 자전하는 투명한 길을 간다
물의 하루는
계단을 따라 시작되고 계단을 따라 끝난다

끊임없이 어디론가 미끄러지듯 간다

물의 층마다 생의 계단을 쌓다가
홀연히 등을 돌리고 가는 일이다
손닿지 않는 곳에서 만나는 일
어둠 속에서 깨어나는 일
그것은 다시 환생하는 일이다
질풍노도로 빠른 속도와 지리멸렬하게 느려지는 물은
어느 한 지점에서 한 몸이 된다
삶과 죽음이 내 속에서 투명하게 빠져나갈 때
순응의 발자국으로 찍히는 물 계단
출렁이는 계단 위로 돌아가는 나는 늘
나를 만나지 못한다

계단을 따라 내려가는 시작은 멀고
바다를 건너려는 끝은 사라진다

오월의 장미

커피색 노래와 물빛 싯귀 뒤섞이며
내 가슴이 파도치는 건
별빛 같은 사랑을 쓰고 싶은 거야

장미꽃 한 송이에도
마음이 출렁이는 것은
사랑이 하고 싶은 거야

삐에로처럼 살아가는 내가
깊어지는 빗소리에 깨어 있다는 것은
아직도 나에게 사랑이 자라고 있다는 거야

슬픔이 가시처럼 박혀 있어도
하늘이 더욱 가슴에 가깝게 젖어오는 것은
장미꽃 같은 사랑이 남아 있다는 거야

바람에 하늘거리는 꽃들이
싱싱하게 웃고 있다는 것은
오월이 내 가슴속에 피고 있다는 거야

고비사막

닿지 않을 것 같은 발자국 따라간다
눈조차 뜰 수 없는 삶 맑게 고인 눈물을 닦는다
회오리로 일던 모래바람 가던 길 돌아보게 한다
핑계 없는 이웃 뿌리까지 흔들며 지나간다
사막을 돌아 나온 바람 뼛속을 뚫고 간다

기억을 걸어온 환한 세상

사막의 한가운데서

기억이 기억을 지우다 더 선명해진다

집으로 돌아가는 바람

분다, 분다, 황사 바람 분다

내 인생의 아웃사이더

식물의 감정

저녁이 앉아 있다

식탁 위에 빨간 말 알을 슬고 있다

녹지도 않으면서 밀주 속으로 말의 씨가 가라앉고 있다

기억은 지운다 해도 순간은 지워지지 않는다

잠깐 현실이고 견뎌온 날 멀다

절망까지 가려면 얼마나 깊은 기도가 나를 숨 쉬게 할까

언 땅 움켜쥐고 매 순간 도피 중이고 유배 중이다

낙화

노을 속으로 날아가던 새의 계절이 끝나고 있다
어둠의 무게 뿌리를 내리고
살아냈던 기억은 꽃잎처럼 흩어져 날리고 있다
이제, 아이가 되어 별빛 마음 제 안에 두고자
핑그르르 눈물이 돌 듯 용기를 낸다
혼자서 먹먹했다는 것은 오류였다
별이 진다
허방을 건너듯 하늘을 다 품었다고 되새겼다
그 하늘 다 품고도 폐허처럼 둥지가 없었다
폭풍처럼 일던 회오리 속에서도
자유였던 것 하나씩 풀어 올리며
사랑을 잃지 않으려 아프게 옭아맸던 길
사랑하는 일이 사는 일보다 버거울 때
뼛속까지 허물을 남기면서 속으로만 끌어안던 응어리
그리워했던 것들은 사라지고
아팠던 생이 홍시처럼 뭉글해진다

결

따뜻한 바닥에 등을 밀착시켜도
춥다

거기, 몸속 깊은 곳에서
천 년을 살아도
뼛속까지 결핍이다

가을은 길을 돌아 나선다

허기진 마른 잎들과 함께
무덤 속 어둠마저
나를 묶고 간다

혈관 속을 타고 가는 바람처럼
지치고 무너지던 무거웠던 삶이
내 목울대를 조인다

바라만 보던 팽팽한 그의 외도
밀봉되지 않은 결이 되어

평행선으로 뜬다

어둠의 입술이 내 푸른 핏줄을
도려낸다

그럼에도

몸이 안 좋아지자 일주일을 게임방에서 살았습니다

나는 게임방에서 쓰러질까 조바심을 내고 끝내 입원 후 일주일 만에 당신과 이별을 했습니다

예감을 하고 먹고 싶은 것이라든가 하고 싶은 것이라든가 나에게 남기고 싶은 말 있으면 남겨달라고 미련을 떨었습니다

내 미련에 정점을 찍듯 당신이 나에게 유언처럼 남긴 말은, 이제 게임도 못 할 것 같다며 게임방에 남겨놓은 십만 원 있으니 찾아 쓰라고 했습니다

당신의 무거웠던 삶의 무게를 내려놓으니 버거웠던 내 어깨가 홀가분합니다

지탱했던 모든 것으로부터 맥없이 흘러내려 힘이 빠지는 것 같기도 합니다

서로 힘겹게 버티며 살아냈던 모든 것에서 벗어난 흐름의 여유도 없이 당신이 있어도 없어도 이 허허로움은 어디에서 오는 쓸쓸함일까요?

이제 괜찮아, 괜찮아질 거야 꿈에서도 현실에서도 되뇌며 나는 당신에게 당신은 나에게 어떤 형상으로든 스미어 당신의 자유와 나의 평안이 그 어떤 빛에라도 반사되어

흐르기를 내가 살고 있는 일상에 당신의 자유를 저장합니다
　나의 평화를 응원합니다

내 안에 가시

등 떠민 세상으로
꿈꾸던 너와의 시간 지우고 가는
어둠의 발목들은 차고도 깊다

여러 해
튼실한 뼈들만 추려내는 동안
상처는 수없이 도졌다
흐릿해져가는 기억조차
내려놓지 못하고 있다

나를 잠그고 있는 기억의 암호,
그 암호를 묶어둔 사슬이
헐렁해져갈 때
신열이 일어나 꿈틀거린다

뼈를 파고들던 상처
붉게 젖은 길마다
빛이 흘러들어 마른 가시가 된다

2부

도끼의 연금술

아들이 청년이 되었을 즈음
그의 가슴에서는 둥둥둥 북소리가 났다
노름방에서 제 발등을 찍던 아버지
그 아버지를 이해할 수 없어 마음이 찢기던 그
그 시간의 뒷굽엔 발자국이 없다
그리운 것들만 흉터로 남았다
끝없이 날을 세우던 시간의 회오리 속에 서 있다
어둠 속 달로 떠서 병실 밖을 내려다보는 지상
어디부터 엇갈렸는지 잃어버린 시간을 찾아
공중에 몸을 밀어 넣은 날개를 활짝 펴본다
그는 자신을 잃지 않으려 타협 중이다
흉터로 내려앉은 아버지 생애
서로 등 대고 무거웠던 말 내려놓는다
겉돌던 세상 속에서 아버지와 아들이 만났다
지구를 한 바퀴쯤 돌아온 아들과 아버지
낚싯대를 나란히 던질 때 서로의 마음을 낚듯이
그러나 아직, 다하지 못한 북소리가 들린다

노동 일기

아비가 문을 잠그고 열어주지 않았다
그는 배회하던 시간을 멈추고 밥을 찾아 떠났다
밤낮 가동 중인 건설 현장에 몸을 부린 그는
몸은 젖어 소금덩이 같아도 마음은 안식을 찾았다
안전모에 안전화 철거덕 철거덕 시간을 장전시킨 어둠은
소금기 젖은 몸을 견인해 간다
사내자식이 오기라도 있어야지 이 맹물탕아
쾅, 쾅, 쾅, 딱지 앉던 아비의 말 기운이 된다
그 옹이로 기둥을 세우고
꿈으로 골격을 만들어 우주를 세우고 있다
굴착기 기중기 지게차가 걸어 다니는 현장에서
말단 전기공인 그는 거대한 우주 공화국에
불을 밝히느라 휘청인다
노동판에서 뼈가 굳은 아비, 노동자에겐 몸이 재산이다
네 몸은 네가 잘 다스려야 이 판에서 오래 살아남을 수
있다
그렇게 요령 없이 일하니 몸이 상하지
몸으로 세우는 청년의 푸른 어깨
그 힘찬 시간, 생생하게 살아 아비의 문을 연다

광인狂人 일기

달이 새카맣다

웃음 속에 비밀이 숨어 있는 걸까

뇌의 반대편, 그 허공에 알 수 없는 울음 가득하다

나는 어둠의 한 페이지를 잠이 들 듯 삼킨다

누군가에게 쫓기고 쫓기다가 길을 잃어버리는 꿈을 꾼
다고 말했다

나는 누구에겐가 잡아 먹힐까봐 나를 밀실에 가둔다고
말했다

나는 내가 주술을 걸어둔 방안에 한 뼘만큼의 햇빛과
나를 함께 가둔다고 말했다

낮인지 밤인지 알 수 없다

허공에 손을 짚고 어둠 속에서 방향을 잡아두기란 그리
쉽지 않은 일

나는미치지않았어미치지않았어미치지않았어미치지않
았어……

허공에 떠돌던 말이 말의 시간 속으로 빨려 들어가고
있다

문턱 하나만 넘으면 된다

저 너머에는 광인의 껍질을 벗고 새가 되든지 물고기가

되든지 나무가 되든지 무엇이든 되어야 한다
　새카만 달을 건너온 나
　그곳에 나무도 새도 물고기도 없고 나도 없다
　다만, 허공으로 풀어놓은 말, 진다

먹감나무

혼자서 먹먹했다

제 마음 그 안에 두고자

그리움이 익어가고

바람에 매달렸던 흉터 하늘을 다 품었다

뼛속까지 잘라내 문갑 하나 들였다

가출

강가에서 김칫돌을 고른다
집어 들고 보면 보이는 흠
돌은 상처가 많다
내가 이렇게 수없는 돌을 고르는 동안
가족은 뿔뿔이 집을 나갔다
팽팽한 삶을 걷어차고
폭우 속으로 들어간 아이들
상처를 끄집어내 확인하는 우리는
서로의 강바닥을 훑는다
가장자리만 맴돈다

김칫돌을 고르다 알았다

우리가 주우려는 것은 서로라는 것을

사랑이라는 강
그 강 안에서
강의 중심으로 가출 중이라는 것을

오늘의 메뉴, 가족

흔들리는 식탁 앞에서
제멋대로 밥과 찬이 날아다니던 적재된 시간
얼굴을 마주보며 반찬이 되고 밥이 된다
어찌하든
가족이니까

말꼬리 붙들고 흔들어대는 그를 위해
아들과 나는 말없이 꼭꼭 씹어 밥을 먹는다

언제부터인가 그를 배려한 무관심이 가족의 숨통이 되
었다

그의 배려는 찾을 수가 없다

미련을 내려놓으니 밥이 보인다

그를 내려놓으니 찬이 보인다

그래도 가족은 가족이니까

평화를 위해 열심히 밥을 짓고 반찬을 만든다

계단 밀기

아프지 않고는 살 수가 없다
아픔을 견디는 힘으로 산다

친구는 불쌍하다고 한다
나만 생각하면 가슴이 먹먹해진다고 한다

엄마는 가엾다고 한다
나만 생각하면 잠을 못 주무신다고 한다

아들은 힘들면 힘들다고 아프면 아프다 말하라 한다
엄마만 생각하면 답답하다 한다

나는 어쩌다 모두의 걱정인 사람이 되었을까

나는 오히려 담담한데
저녁이 굴러떨어진 계단 아래
그를 밀어 넣고 119에 신고했다
온몸으로 받아낸 고통의 표면은 상처투성이다
매번 계단 아래로 나를 밀어 넣는 그에게는 처음 경험

하는 일일 것이다

이제야 그의 고백을 듣는다

나는 죽을 고비를 몇 번을 넘겼지만

다리를 질질 끌며 나에게 최종 변론할 것을 종용한다

묵비권으로 일괄했다

그는 나에게

나는 그에게

비수를 꽂고 꿈틀거리는 로드맵

별밤의 고해성사

굽은 등을 펴는 밤 몽실이*와 함께 쫓겨났다
말랑말랑한 나에게 별빛 환한 나무 아래로
흉터 같은 강아지 옷, 올무처럼 던져 주었다
이 황당함을 어떻게 표현할 수 있을까

상처에서 무덤 냄새가 난다
기억 한 귀퉁이 먼지처럼 놓아두고
숨죽이고 살아온 날 가득하다
이 불가능을 어떻게 이해할 수 있을까

화살처럼 날아와 명치끝을 파고든 말
가시처럼 남아 몸속에 자라고 있다
이 위험을 어떻게 설명할 수 있을까

거리에 앉아 그 가시, 만져지는 밤
하늘에 얼음조각 총총히 박히는 것을 보았다
설명할 수 없는 이 뜨거움 어찌해야 할까

등뼈 속에 오래도록 숨겨두었던 어리석은 환상

거리를 지나면서 바람 같을 때
불길하게 예언된 몽실이와 함께
나는 그저 그의 언저리를 비켜 가고 있을 뿐이다

* 몽실이: 말티스 강아지

잘못된 만남의 이력

씨의 기원입니다

바람 같은 사람에게 마음이 생겨나
기댈 곳이 필요했던 나는
기댈 궁리만 하다가 허공에 몸을 묻었다
그를 붙들고 살아야 했던 나는
호적을 그에게 두고 반찬이 되고 밥이 되었다
몸을 깨우고 뼛속까지 녹여
달의 기운으로 생명을 부화시킨 나는
온 생을 덤불처럼 엉켜서 풀어낼 엄두도 못 냈다
서로 다른 곳을 보며 곪아터지는지도 모르고
돌아볼 겨를도 없이 죽어라 일만 하고 살았다
결핍은 무뎌져서 상처에 상처를 만들며
깊은 옹이가 되었다
삐죽삐죽 물오를 때마다 달의 기원은
꽃잎이 떨어지는 쪽으로 기울었다
기 딸릴 만큼 세상에 없는 욕을 퍼부어대며
순식간에 영혼까지 해치웠다
그 허상 앞에 눈멀고 귀먹어

아무런 이유도 의미도 없이 영혼만 갉아 먹혔다

11일의 일기예보

금쪽같은 내 새끼
주말이면 구름 같은 아이들 몰고 와 내게 맡겨놓고
고놈의 자식들은 휴일 즐기는데
구름 같은 아이들과 한바탕 천둥 번개 치며 노느라
야금야금 술을 마시던 그를 챙기지 못해 거리로 내몰리
고 말았다

거리에는 부슬부슬 비가 내리고
아이들 다칠세라 천지개벽 피해
피난처 찾아 나섰다
어제 일은 까맣게 잊고 나만 기다리고 있을 텐데
나는 그의 밖에서 달과 같이 잠이 들었다
아무도 없는 공간에서 요요현상을 일으켜 날아오를 수
도 있는데
밖의 공기는 흐리고 안개 자욱하다

버릇을 고쳐 살라고
단호한 엄마의 스위치가 올라가는 순간
가는 필라멘트 같은 희망으로 나를 품고 놓아주질 않

는데
  시간이 흐를수록 그의 통점과 맞물리는 엄마의 희망 고문
  가슴에 걸려 있다가 구름에 걸려 있는데
  빗줄기에 뒤엉킨 어둠의 지수
  무거워지는 생각 속으로 젖어들고 있다

  제 몸보다 커다란 날개를 부풀리며 파닥이는 그는
  무모하게 비상하며
  먼 곳을 향해 날아가서 별을 찾아 헤매고 있을 터인데
  그 소홀한 사이를 걸어와
  나는 다시 그의 통점 속으로 걸어 들어가고 있다
  불씨를 찾아서

바람이 불면

선명해진다

사람에게 진심이 없는 것 같은 사람

오직 게임이 진심인 그를 기다린다는 것은 미련이다

절망이다

본디 내 것이 아니었던 것처럼 먼 그대

사랑을 느끼지 못한다는 것은 이미 사랑 아니다

못다 한 사랑 묻어둔 그 말

사랑한다는 말

끝나지 않은 바람 같은 사랑

내 마음속 바람으로만 있다

거미와 거미줄
— 공상公傷

살아서 기가 막힌 건 도망가지 못해서다

사경을 헤매다 거미에 걸려 양식을 빼앗긴 것이다

증거를 끌어내 공간을 채운다

특별히 일한 증거밖에 없다

그래도 표식을 남기고자 갈기를 찢어

걸려든 너를 힘껏 당겨 삼키고 싶었다

아무도 귀 기울이지 않은 시간으로부터

자유롭지 못했다

자유롭지 못한 시간으로 줄 당기기는 죽음보다 더
힘 들 다

떡밥

도 아니면 모라고 큰소리 땅땅 치며 밖으로만 길을 낸다

꾹꾹 밟힌 비릿한 생 중독되어

그의 팔자걸음은 세상 다 품은 양 점점 더 벌어진다

기우뚱한 뒷모습은 한길로만 가면서 주변을 보지 못한다

복사되지 않은 기억 사람과 사람 사이 찌처럼 떠다닌다

단 한 번 누구의 밥이 될지도 모르는 떡밥

떨리는 찌의 묘미에 빠져 길을 잃은 것이다

제 안에 길은 후미진 작은 골방 어두운 곳이면서

헛된 사명감에 빠져 자멸하고 있다

진실을 파헤쳐보겠다고 언제 잡힐지 모르는 떡밥이 되

어 있다

그는 자신의 명예를 위해 가족을 버린 노조 위원장이다

진드기

정밀精密한 흔적 아주 긴 시간이 지나야 상실喪失을 느낄 수 있다

내 습성은 달라붙는 것이다

이 기교는 자해일 것이다

단단해져 뭉글한

풀리지 않는 기억을 풀어놓는 것이다

거리낌없이 죽어간 간절한 것들

상처를 주고 상처를 받으면서 버텨낸 시간의 힘줄들

밀봉된 무형無形의 문

내 습성은 달라붙는 것이다

달라붙어서 길을 잃지 않고 사라지는 것이다

놋*

일상의 방향과는 다르게 빗나가는 시간
눈이 멀고 귀가 아프다
그가 술에 취해 닥치는 대로 던진다
천체가 흔들리고
가만히 선 채로 천둥 번개 친다
벼락 맞아 하얗게 된 머리는
파편 조각에 갇혀 서늘하다
의식 없이 뒷걸음치다 떨어진 시간
째깍거리던 시간도 멈추고 사라지는 것을 본다
할 수만 있다면 열 번도 백 번도 더
그에게서 벗어나고 싶다

* 놋(Nod): 창세기 지명. 불안과 방황.

돌

시간을 건너온 시간 속으로 걸어 들어갑니다

어느 별을 지나온 듯
어느 달을 지나온 듯
결마다 품고 온 길이 다르듯
각각의 모양새가 하늘을 닮아 있습니다

삼라만상을 통과해 온 단단한 침묵에
귀 기울이는 찰나마다
별 조각으로 떨어지는 심장입니다

숨소리조차 고요한 침묵에 갇혀
이승의 나도 길을 내봅니다
태초를 품고 온 하늘,
그 하늘 유영하다 심장에 화인 하나 꾹 찍고
돌아가야 할 길입니다

바람의 전언

바람의 말씀을 기억합니다

바람 같은 꿈만 꾸며 밖으로 빠져나간 시간

운명이라는 울타리에 가둬두고 당신은 어디에도 없었습니다

천형 같은 시간, 검불처럼 바람의 말씀에 귀 기울이며 살았습니다

사실은 나무가 되어 열매도 맺고 꽃도 피워보고 그리하며 살고 싶었습니다

불면증에 고립되어 구름 위를 걷듯 허방다리 건너갈 즈음

밖으로만 도는 당신이 마음에 깊어지면 넋 놓고 하늘만 바라보았습니다

당신은 계절을 지나 껍질을 벗고 바람이 되어 돌아왔습

니다

무심히 잠든 당신 옆에서 하염없이 날아올라

혼자 피는 눈물 꽃, 바람은 알지 못하였습니다

3부

문 열어줘

당신으로 하여 나는
푸른 달빛에 마음이 베이고
당신 안에 그림자로 있는 달이 운다
보석처럼 있는 별이 운다
당신이 내 안에 외로운
내가 당신 안에 외로운
나 당신 안에 젖어 있어도
당신 기다리며 졸던 밤들이 우수수 떨어진다
당신 내 안에 있어 외로운
당신 안에서 당신 밖에서
문 열어줘
당신에게 가는 길 어둠도 빛도 아닌
한 가닥 슬픔인 것을
바라볼수록 너무 먼 당신
내 사랑 당신에게 갈 수 있도록
문 열어줘

신호등

가시거리에 눈물로
서 있지 마시고
사랑하는 마음으로 오시옵소서

거친 돌발로 오지 마시고
준비된 기다림으로 오시옵소서

빠알간 신호로 오지 마시고
노오란 흔들림으로 보내지 마시고
파아란 푸르름으로 오소서

사랑하는 이여,
소원 하나니
돌아오지 마시고
직진으로 오소서

희망으로 기다립니다

물수제비

그가 돌 하나 던지면서
번져가는 이 방황
그것들 다시 돌아와 한참을 울겠네

사랑 그거 무엇이기에
돌 같은 사랑 하나 만들지 못해
참으로 눈물 많이 흘리게 하네

내가 하는 사랑만큼은 못 해도
그 사랑 반쯤이나 알까 몰라
내가 정 붙이면 그도 정 붙일까

허기진 겁쟁이끼리
끌어안지도 못하면서
제 발등만 찧는 답답한 사랑

눈물 머금은 날
먼 곳을 헤매다 또다시
제 자리로 돌아오는 어설픈 사랑

퍼즐

그의 표적은 나였다
깨지는 순간의 붉음은 아무것도 아니다
게임방에 갇혀서 밖을 볼 수 없다는 것이다
미치지 않고 그를 통과하기란 쉽지 않다
퍼즐 조각 같은
틈만 보이면 엎어버리는
다 맞추었다 싶으면 돌아올 자리 하나쯤 숨겨놓기
아무 일도 없는 것처럼 옴짝달싹 못 하는 웃음 뒤에

나의 표적은 참이었다
봄이 닿기도 전에 족쇄가 발목 잡아끌고
젖은 기억마다 뼈 같은 힘이 자라났다
과거도 미래도 현재도 나의 것
반목하지 않기
진정으로 알을 깨고 나와
다 이루었다 싶으면 돌아올 자리 하나는 온전하길
아무 일도 없는 것처럼 퍼즐 다 맞추어지길

달력을 넘기며

가슴을 메우며 일어서는 것도 없는 것이
우주 어디쯤에서
타임머신 놀이에 정신이 나가
돌아오지 않는 그가
생각나곤 했어요

지나가는 바람 소리에도
귀 기울이며
그의 헐렁한 와이셔츠를 입고 앉아
그 체온을 만지작거렸어요

잔잔하게 흐르는 물살 위에
자꾸 징검다리를 만들었어요
희고 검은 발자국들
퐁당일 때마다 눈이 반짝였어요

그의 환영은 날마다 숨바꼭질하듯 지나갔고
나는 더 멀리 오래 견디는 연습을 했어요
그렇게 오랫동안 내 안에 그림자였던 그가

아무렇지 않은 듯 슬며시 기웃거릴 때는
허기 때문이었죠

허기 끝에서 별일도 없는 것이
꿈을 꾸고 있었어요

우린 전생에 원수였나봐

마음에서 지워진
당신에 대한 스위치를 미련 없이 내리려 해도
결국엔 스위치가 올려져 있지
함부로 버릴 수 없는 사람
서로에게 죽음에 대한 고리 같은 게 있지
서로를 아프게 하면서 소름 끼치게 안부를 묻지
길은, 이미 운명처럼 만들어져 있었던 거야

당신은 나를 당신 안에 가둔 마법에 걸린 것이고
당신의 숨통이 나라는 것을
화를 토해내는 도구라는 것을
나는, 당신이 살아가는 이유라는 것을

폭언을 폭죽처럼 터트려 불꽃처럼 활활 타오를 때
나는 당신에게 태워져 재가 될까 두려운 것이고
당신 안에 있는 내가 정말로 무서워진다는 것은
내 안에서 떨고 있는 당신을 끊어내지 못하고
견딘다는 것이 불안하지
서로 가슴에 폭탄을 안고 살아가고 있다는 것이 불안한

거지
　언젠가 꽝 한 방에 제 이름을 드러내며 사라질까

　그래서지

새빨간 관계

눈을 감을게
심장을 뗄게

브레이크 없는 페달로 달려가는 동안
왜 자꾸 당신을 의지하는지 모르겠어
당신이 나를 툭 뱉으면
나는 당신을 담아
당신에게 받은 상처만큼 당신을 담아
내 심장을 도려내 부풀리고 부풀리고
피 튀는 뾰족한 말 끝없이 부풀고
숨이 막혀 죽는다 해도 내 탓인 거지
그렇게 당신은 내 귀를 의심케 하며 당신 벽으로 뛰어
다녀
이제, 두려움 같은 건 없어
당신의 벽을 받치는 벼랑이 될 거니까
내일은 없고,
나는 죽어도 좋다고
나는 내 안에서 나를 죽이고 당신을 죽이지

역逆방향으로

꼬인 하루가
비수구미를 돌아 나오며
가장 먼 길을 가고 있다
그 방향으로 가지 말라는 것을
감각도 지각도 감 잡을 수 없는 길
시작하지 말아야 했던
애를 태우며 기다리는 그에게 가지도 못하고
시간을 저당 잡힌
비수구미에 나를 구겨 넣으며
몇 광년을 잃어버린 것처럼
아득하니

코뚜레

웬수가 따로 없다
있으면 불편하고, 없으면 필요한
코 꿰인 소처럼 그에게 끌려 살아온 지
사십여 년이 되어간다
그가 나에게 코를 꿴 건지
내가 그에게 코를 꿰인 건지
서로에게서 소 울음소리가 들린다
뿔난 소처럼 한 번쯤 들이받을 일 있을까 싶지만
끌어 잡아당기기만 하면 꼼짝을 못한다
엉덩이 한번 툭툭 쳐주면 언제 그랬냐는 듯
순한 소처럼 음~메~음~메~하며
서로의 업장을 녹여
속이 밖이 되고
밖이 속이 되어
충성스러운 고문관이 되어가고 있다

고욤나무

뿌리를 드러낸 나무 붉은 딱지 청구서만 수북하다
그를 뿌리째 옮겨와
홍천군 북방면 성동1리 산574번지에 입주시켰다
골을 깊게 파서 뿌리가 잘 내리도록 내 살을 그에게 이
식시켰다
하루 세 끼 밥그릇인 이곳에서
어눌해진 기억으로
그의 눈과 귀가 되어 청산에 해처럼 산다
새에게 마음을 열며 다람쥐에게 소식을 전하며
그를 위해 비추고 그를 위해 깜박인다

우분투

허공에 뿌리를 박고 사는 당신이
사라졌으면 할 때는 내가 지옥이지요
날카로운 소리의 껍질을 벗고
휘청거리는 몸을 말아 잡고 잠든 당신에게
이불을 덮어주며 그 마음 덮지요

당신의 마음은
사랑하면서도
사랑을 받아본 적 없어서
측은한 것이고
화가 나는 것이고
나의 우분투*는
당신과 함께 당신 주변을 다 보고 있어서
우리의 사랑을 이어가는 것이지요

* 아프리카 말로 '우분투'는 "내가 너를 위하면 너는 나 때문에 행복하고,
  행복해하는 너를 보면 난 두 배나 행복해질 수 있다"라는 뜻

나는 나비가 되어 꿈을 꾼다*

감금 증후군에 갇혀 산 지 오래다

그는 한쪽 눈의 깜박거림으로 나를 좌지우지한다

빚 청산을 위해 들어온 높은 터에서 빚을 내놓으라 소
리 높여 땅땅거린다

이별을 예감하듯 날마다 늘어나는 빚을 치부장에 기입
하며 빚 독촉을 한다

점점 무거워져가는 어깨의 날개를 접고 애벌레처럼 잠
을 자면서 그에게서 벗어나 자유로운 몸짓으로 날아오르
기를 꿈꾼다

* 장 도미니크 보비, 『잠수종과 나비』 본문 중에서

먹감나무를 빚다

우리의 시간은 역주행 중입니다
나는 해를 따라 살고 그는 달을 따라갑니다

고장 난 관계가 흘러갑니다
삐거덕거리며 무심한 듯 아닌 듯 살아가고 있는 것입니다

안에서 밖으로 빠져나간 시간,
풀렸던 태엽을 감기 위해 간질거리는 것입니다

날밤을 풀어놓는 날,
기억을 토해내고 있는 것입니다
별을 따라 허물을 벗듯 묵은 말 툭툭 털어냅니다

엉겅퀴처럼 엉켜서 서로 다른 기억의 줄을 당기며
상상도 못 하는 몽상가의 꿈을 꾸고 있는 것입니다

한 호흡으로 몸을 담그고
그가 피워 올리는 구름 속으로 나를 밀어 넣어보는 것
입니다

홀로 아리랑인 알코올 속으로 나를 헹구어보는 것입니다

술래잡기

잡힐 듯 말 듯
사랑, 그거 꿈꾸는 거야
마음이 날갯짓하고 흐르는 걸 느끼는 거야
때를 놓친 시간에 앉아 끝없이 기다리는 동안
꼭꼭 숨어서 술래술래 하다가
혼자 말처럼 비가 내렸으면 하다가
가는귀먹은 눈으로 책 속의 주인공 넘기다가
넘기는 즉시 잊는다는 걸 잊은 거야
보일 듯 말 듯

안녕하신가?

시간의 꼬리를 물고,

반복되는 일상 지루하지는 않으신가?

자다가 무심히 깨어 담배를 피우지는 않으시는가?

습관처럼 막걸리를 마시다가 무슨 생각 하시는가?

아내를 기다리다가 잠이 드시는가?

꿈을 꾸다가 허공을 걷어차지는 않으시는가?

허공을 날다가 올무에 걸리지는 않으시는가?

그리하여 삐끔삐끔 올무 풀어줄 아내만 기다리는 게 아니신가?

매뉴얼대로 가는 그대의 하루가 무사한지 늘 걱정이네!

실종 신고

온갖 사투를 벌이며 하루 또 하루를 살아요
물이었다가, 불이었다가, 바람이었다가, 어둠이었다가,
끝내 한 점으로 사라져 어디에도 나는 존재하지 않을 거
예요
내가 둘이라고 하네요
그 이상일 수도 있다네요
문득문득 내가 아닌 것 같기도 한 걸 보면 내가 없는 것
같기도 해요
실종된 나를 찾아주세요
그를 죽인 것 같아요
그리고 버렸어요
어디다 버렸는지 생각이 안 나요
위치 추적 좀 해주세요
만천초등학교 뒤쪽에서 위치가 잡힌다고 그쪽으로 오
라고 하네요
신고가 이렇게 무서운 건지 몰랐어요
동원된 인원만 수십인 데다 허위 신고면 잡혀간다네요
왜 신고를 했는지 기억이 나질 않아요
오늘 밤 나는 잡혀갈 수도 있어요

이렇게 재수 좋은 날도 있을까 싶네요

어느 날 갑자기 내가 사라질 수 있다는 것, 느끼고 나니 한결 편해졌어요

다시 태어난다면, 내가 불렀던 모든 이름들의 집으로 태어나고 싶어요

유리벽

온전한 사랑을 위해
당신을 사랑한다고 덧붙이지는 않겠어요
당신 중심으로 돌아가는 시간 속에서
오늘은 막딸과 함께 계란 세례를 받았어요
말문을 걸어 잠그는 어설픈 나를 용서 안 해요
당신으로 하여 최면을 걸어두는 나를 향해 폭군처럼 내뱉는 말
불 안 해 요
웅크린 내 눈물까지 비틀지는 말아줘요
싱싱한 비린내와 함께 유리벽에 딱지로 앉은 말
지우기가 힘들어요
지워지지 않는 얼룩, 칼날로 긁을 때마다 어깨에 날개가 돋고,
단단해진 딱지, 끌로 걷어낼 때마다 새처럼 나는 가벼워져요
당신이 없는 곳으로 나는 자꾸만 날아오르고 싶어져요
당신으로 하여 나를 가두고 나를 깎아 세우던 나를
내 눈물로 씻어 내리게 잠시만 나를 잊어주세요
언젠가는 당신 편이 되어드릴게요

4부

지워진 말의 뼈

그가 폐암 말기 판정을 받았다
조직 검사 받으러 서울병원에 입원한 동안
차와 핸드폰이 내 머릿속에서 방전되었다

퇴원을 앞두고 그는 중심을 잃고 삐거덕거린다
"당신이 할 줄 아는 게 뭐니? 당신 때문에 내가 죽을 수
도 없다며? 너 같은 걸 미친년이라 한다며?"
물컹한 것이 심장을 헤집는다

내가 미치긴 미쳤나보다
생각하면 미워할 일들은 허다한데
버티고 살아야 하는 건 그의 말대로 미쳐서이다
소금을 뿌린 듯 아프던 상처도 무뎌져서
그게 삶이 된 것이다

그와 함께하는 길은 먼데
동승한 안내자는 빠른 길로만 안내한다
낯선 길로 들어서자 그는
안내자를 주먹으로 날리고, 발로 차고, 몸이 휘청대도

록 온갖 욕설을 퍼댔다
　달리는 수밖에 없었다
　속도는 그를 순하게 만든다
　각인되어 남은 건 내가 미친 거라는 것
　이순이 넘도록 그가 쏘아 올린 말의 뼈,
　내 안에 사리로 남아 있다

바라*의 시간

무뎌진다는 건 무너지는 일이기도 합니다

시시각각 변하는 그를
미동도 없이
요란함도 없이
묵묵히 통과해 가야 합니다

인정하듯 조금씩 지치고 미세하게 흔들리는 시간
견딘다는 건
폭풍처럼 일고 있는 바람 잠재우고 있는 일입니다

말꼬리를 잡으면 잠을 이룰 수가 없습니다
안부를 묻는 일조차 두려움이 되어
숨 쉬는 일도 바람이 됩니다

그를 지켜봐야 한다는 것은 쉽지 않습니다
그에게 남아 있는 불치의 요람을 통해
바라의 시간 속으로 가야 합니다

* 바라(히브리어): 창조

너를 통과해 간다

아픔이 깃든 모서리마다 전이되어 수술이 불가하다 한다

모든 것을 내려놓고 너의 밥이 되어 산다

불안이 자라고

위급함이 몰려와도

죽음을 에둘러 가야 한다

별일도 아닌 것에 너는 맹수처럼 달려들어

그 힘 다해야 슬그머니 꼬리를 내린다

힘 빠진 꼬리를 잡고

빛이 보이는 곳으로 너를 데려가야 한다

있지-있지

꿈꾸듯 자신을 잃어버리고 꿈 아니듯 일상 언어를 잃어
버렸다
이미 오래전 대화가 끊기면서
습관처럼 있지-있지가 너에게 가는 필수조건이 되었다
이 바보야, 등신 천치처럼 있지-있지 하지 말고 말을 해
있지~ 쑥 들어가버린 말꼬리
이상 기온은 계절을 바꾸듯
시절 없이 꽃이 피고 진 지 오래
헉헉 숨을 짧게 끊으며 겨울비 여름을 끌고 와
눈 덮인 풍경을 훑고 간다
천지 분간 없이 숨어 울던 지난여름
수몰 지역 지붕으로 올라간 황소처럼 어찌할 바를 모르
는 너를 싣고
앞도 안 보이는 폭우 속을 달려 서울을 올라 내렸다
죽음 안에서 점점 무거워지는 너를 끌고
천 개의 문을 들락거렸다
천 개의 바람으로 천 개의 상처를 어루만지며
이 정도면 괜찮아
매 순간 변화를 꿈꾸고 있다

잠에서 일어나면 수북이 쌓이는 비늘들
쓸고 훔치며 네가 새롭게 태어나는 중이라는 걸 믿었다
너는 비늘을 날리며
나는 퍼붓는 욕설 훌훌 털어내며
아픈 것을 털어내는 중이라는 걸 믿었다
아직은 살아 있어서 다행이라고
눈을 감고도 눈을 뜨고도 나는 365일의 꿈을 꾸고 있다
너와 내가 한마음 되어 있기를
그래서 내가 너를 보내고 그리워할 수 있기를
있지-있지

엇갈린 이동 경로

그가 응급으로 입원했습니다
응급으로 달아준 심장 체크기가 그에게는 날개입니다
제멋대로 돌아다니고 있습니다
그의 이동 경로 따라잡지 못하는 나는
나란히 누워 이동 경로 확인 중입니다
엇갈린 경로를 따라잡아 적어야 하고
그에게 집중해야 합니다
그의 이동 수신이 끊어지지 않도록 알려야 합니다
점점 느려지는 아득한 시간 속에서
그는 빠르게 움직이고 있습니다
경로를 이탈한 그는 병에 대한 숙지가 없습니다
밀려가듯 반복되는 시간 속에서
숨 막히는 술래 어디까지인지
코로나19보다 더 빠르게 움직이는 이동 경로
나는 그에게서 코로나보다 더 빨리 벗어나고 싶습니다

배수 공사

엎을 수 없는 공사판 시작부터 배수倍水다

공사비 챙겨 집 나간 너는 도박장에 처박혀 있고
너를 견딜 수 없어 오래전에 죽은 내가 있다
그 속에 나를 묻어두고 그 파편을 모아 너를 쓴다
수시로 바뀌는 너의 도발을 무엇으로 막을 수 있을까
새벽녘 문 두드리는 소리
잠든 문을 여니
현관 유리문 박살나 붉은 꽃으로 피어 있다
이 봄에 언 땅을 적시며 진눈깨비 내리는데
어쩌지 못하는 공사판인 상황에서 멈추어버린 우리

공사空事는 너를 만나는 순간부터 시작됐다

적도의 남자

어느 행성에서 왔는지
먼 고도를 향해 날아다니던 그가 집으로 돌아오는 날에는
흔적을 남긴다
외계인처럼 알 수 없는 말들로 말의 길을 막고
혼을 지구 밖으로 내몬다
지구가 우주를 삼키고
푸른 동전닢 날아가 평면 속 하늘에 박히면
내 눈물 속에 녹아내릴 수 없는 시간이 사살된다
토기의 희뿌연 먼지와 함께 떨어져나간 살점
그 유혈 낭자하다
낯선 외계에서 오래도록 제 집을 잃어버렸을
그의 잊혀진 파일을 열고 우주인이냐고 물어본다
번뜩이던 눈빛이 흔들린다
적도를 건너다닌 그의 호적이 찍힌 호적을 찬찬히 살핀다
백지장 같은 분을 토해내는 파랑의 날
흥건히 젖어 있다
우주로 돌아오는 날에는
번번이 전쟁처럼 돌아온다

이, 푸르다 못해 축축한 감정

살아 있는 족속이 올무처럼 던져놓은 산 무덤이다

잠들지 못하는 밤, 카지노에서

빛은 그 밝기가 순하고
어둠은 그 밝기가 독하다
입장번호 6460을 들고
하마 같은 입속으로 쑥 빨려들어갔다

순간 영혼이 묶이는 소리를 들었다
팽팽한 긴장 속
손에 땀을 쥐게 하고
서늘한 기운이 나를 훑고 지나갔다
빛은 어두움 쪽으로 더 밝게 기울어졌다

이 끝에서 저 끝으로
밝은 쪽을 향해 걸어 나아갔다

영혼을 갉아먹힌 까마귀 떼
웅얼거리는 블랙잭 소리
내 머리 위로 날아오르고
그 무리 속에 휩쓸릴까 두려워
한 발 한 발 까치발로 걸으면서

어두움을 슬쩍슬쩍 비켜섰다

혼이 다 빠져나간 숲에서
한 무리 내 어깨를 툭툭 건드렸다
롤러코스터 같은 카지노에서
금장으로 둘러싸인 입구
퇴장하기란 그리 쉽지 않겠다

유혹의 무덤이었다

먼 길

시간을 잃어버린 그를 기다리고 있다
오랜 시간, 시간이 시간을 핥고 마음을 놓쳐버린 길
빗속을 뚫고 나의 플래시 속으로 흰 무엇이 쫓아온다
절박한 느낌 속으로 사라진 지문, 등을 적신다
게임중독이 된 생애가 속도를 삼킨다
돌아온 길도 아닌데 먼 길 되었다
그가 천 길 낭떠러지로 사라진다
폭우를 뚫고 떠내려가듯 차 유리에 번지는 붉은 얼굴
하나
아파야 내가 살아 있다는 걸 알 수 있다
가슴속 울혈이 은빛 광채를 뽑아 천둥처럼 내려친다
비는 사정없이 앞이 보이지 않도록 내린다
끝나지 않은 이 빗속에서 그의 정면을 볼 수 없다는 것은
집으로 가는 길이 아직 멀다는 것이다
훔치지 않은 눈물 발등 위로 떨어져 감정의 속도만큼
폭풍 휘몰아가고 있다
하늘이 열린 빗속을 뚫고 구불구불한 길 미끄러지듯 달
아난다
순간 멈추고 싶다는 생각, 캄캄해지는 이 저녁 망연해

진다

  아무것도 변하지 않은 오늘 밤, 길 위에서 울고 있다

  집으로 가는 길에 그림자 쫓아오고 그는 내 안에 걸려
있다

  호흡이 노동이 되는 날

이석중이 통하는 날

빙 도는 순간 그는 나를

응급실에 짐짝처럼 내려놓고 게임방으로 달아났다

이석중은 한순간 몸을 나무토막처럼 만든다

허공으로 떨어져나간 돌

어지럼 속으로 끌려들어가는 몸

머리를 들 수 없는 것이

속을 다 뒤집어 올리는 토사로 인해 몸이 조금씩 굳어
져간다

깊은 감정의 골 저승을 한 바퀴 돌아 달팽이관의 소리
를 낚는다

기막힌 일은 사랑도 아닌 사랑인 그가 나의 올무라는 것

별이 눈물만큼 반짝이는 밤 나는 어이없어 울다가 웃는다

중독

살아서 먹먹해지는 아침
햇살이 긴 손을 들이밀어 깨웠다
알코올과 니코틴에 절여진 상처가 도졌다
상처에서 알코올 냄새가 난다
피폐해진 그가 환각 속에서 유착하는 것은 나다
그와 함께 호흡하며 그에게 길들여지고 있다
전염병처럼 빈 피리를 불며
아주 느리게 밤과 낮을 끌고 가는 열대야
중독되어가는 것이다
빌어먹을 증세 그거 착종된다

외투

의자 위에 고양이 한 마리 앉아
고래고래 소리 지른다
웅크렸던 허물을 발톱으로 사정없이 공격한다
울퉁불퉁한 말의 파편들이 팔을 마구 비튼다
제 그림자에 놀라
몸을 오므렸다 폈다 한다

오래전에 벗어버리고 싶었던 건조한 사랑

삭削

아픈 귀를 만지면
한순간의
힘 밖으로 떨어져 나간 돌
평형을 잃은 몸 조금씩 굳어져간다

나는 늘 그의 생각을 꿰고 기억하며
나를 용서하지 않고
그는 나의 시간을 기억하며 불가능을 가능케 한다

우리는 한 몸 같으나
나는 늘 그에게서 벗어나길 원하며 그의 심장 안에 갇
혔고
그는 내 시간을 체크하면서 꿈 밖으로 떠돈다

나는 그로 인해 이석증에 시달리고
종종 구급차에 실려 간다

뚝 끊겨진 기억
동굴 같은 응급실

눈을 뜰 수 없는 빛 반사
움직이지 않는 몸을 말아 옮기며
윙윙거리듯 부르는 소리
마지막 힘을 다해 소리의 로프를 잡는다

나는 늘 그의 생각을 꿰고 기억하며
나를 용서하지 않고
그는 나의 시간을 기억하며 불가능을 가능케 한다

벽 속에서

당신은 조울증
꼭꼭 잠그고 있는 부호들
흐릿해지는 기억
수시로 암호를 바꾸며 타전한다
좋았다 싫었다 반복하며
한쪽이 허물어지고 있다

햇볕 쪽으로만 길어진 생 뻑뻑하다

나는 우울증
꿈을 베고 잠든 날이면
허공으로 풍장된 너, 활활 타오르고
타오르지 못한 꿈들 식은땀으로 번진다
검게 그을린 잿빛 꿈
활활 나를 태우며 꿈에서 깨어나고 있다

어둠 쪽으로만 기울어진 생 고단하다

어이

'어이'라고 부른다 그가 나를
눈만 뜨면 불러댔다
한 번 '어이'는 기분 좋을 때
'어이'가 많을수록 기분이 안 좋을 때다

죽어서도 불러댄다

나에게 습속된 그의 목소리가
아침마다 깨운다
알람도 필요 없다
'어이' 그의 문을 열면 하루가 시작이다

업이라는 것

평생을 살아내도
한 번의 일치가 없었던
당신과 함께 있으면 지옥도 나의 것이 됩니다*

"막말하는 사람과는 가까이하지 말라
말이 업이 되고 씨가 된다
말에는 힘이 있다는 것을 기억하라"
법정 스님의 말씀 종말처럼 옵니다

함께한 시간의 갈피마다
딱지 않은 파형의 소리
허공을 벗어난 거미의 자장가처럼 듣습니다

뒤틀려버린 말의 씨를 표절해두고
뚝 끊긴 마음 펼쳐
답하지 못한 마음 당신에게 읊조립니다

딱 하루 당신을 그리워하고
당신과의 인연 이리 끊어낼 것입니다

전생인지 후생일지 모르는 그 업 다 내려놓으시길

* 정호승 시구, "마음이 가난해지면 지옥도 나의 것이다"(「마음이 가난해
  지면」)를 변용

강설降雪

접어두었던
폭풍 같은 감정의 알갱이들
부딪치면서 흩어져 내린다
마음속 지지 않았던 꽃들
떨어져 내린다
얼어붙었던 그가 운다
내가 젖는다

푸른 은행잎처럼
툭 떨어진 사람

귀를 기울여보면
시작은 싹이 돋는 순간이 아닌,
꽃이 피는 순간이 아닌,
잎들이 씨앗들이 떨어지는 둥근 순간이다

떨어져야 다시 살아나는 시간들,
떨어져서 다시 시작하는 우리

운명 앞에 구원이 되고 위로가 된 시의 세계

이영춘 (시인)

1. 그, 당신과 나를 위한 헌사

　김빈 시인의 시집을 읽으면서 문득 모파상의 「여자의 일생」이란 소설이 떠오르는 것은 무슨 연유일까? 물론 소설 속 주인공 잔느의 이야기와 그 스토리는 사뭇 다르다. 하지만 한 여자가 한 남자를 만나 그로 인해 고통스런 삶을 감내해내는 이야기의 배경이 동일하다는 의미일까? 김빈 시인의 이번 시집 『식물의 감정』은 그의 시 속에 등장하는 '그' 혹은 '당신'이란 주인공의 도박게임 중독으로 인해 정신적 고통을 받는 이야기를 풀어내고 있기 때문이다. 문학이란 결국 무엇인가? 우리의 삶 속에 가라앉은 앙금을 건져 올려 그것에 언어라는 옷을 입히는 일이 아니겠는가. 문학은 바로 우리가 살아가는 '인생 이야기'이다. 이런 의미에서 김빈 시인의 이번 시집은 소설 속 한 여자의 일생처럼 자신이 겪어온 인생 이야기를 시라는 장르를 통하여 형상화한 작품집이다.

그러므로 김빈의 시는 많이 아프고 많이 힘들고 많이 어둡다. '인생'이란 큰 짐을 지고 그 무게를 감당해내는 여정이 시편마다 가슴 뭉클하게 스며 있기 때문이다. 그런 까닭으로 그의 시를 읽을 때마다 '운명'이란 무엇일까를 생각하게 된다. 왜냐하면 2010년에 간행된 그의 첫 시집 『시간의 바퀴 속에서』는 꽃다운 나이에 이 세상을 떠난 딸을 애도하는 통한의 피눈물로 쓴 작품들을 상재하였기 때문이다. 그리고 이번 시집은 한평생 가장 가까운 사람으로부터 받았던 상처로 얼룩진 삶의 무게를 견디어온 여정을 쓴 시집이기 때문이다. 그리고 그 여정을 함께 해온 '당신'이란 사람은 끝내 65세를 일기로 이 세상을 떠났기 때문이다. 김빈 시인의 삶에는 왜 이렇게 큰 아픔만이 존재하는가? 그래서 '운명'이란 무엇인가를 다시 생각하게 되는 것이다.

'운명'의 사전적 의미는 인간을 포함한 우주의 일체를 지배한다고 생각되는 '초인간적인 힘'을 뜻하는 말이다. 그러면 김빈 시인에게는 왜 이렇게 인간의 힘으로는 해결할 수 없는 초인간적인 어떤 힘이 수시로 나타나 그의 앞길에 훼방을 놓는다는 말인가? 운명이란 아무도 그리고 단 한 치 앞도 알 수 없는 미지의 세계다. 그러나 김빈 시인이 이번 시집에서 그토록 아프고 증오스런 운명을 이겨낼 수 있었던 것은 결국 '사랑'이란 큰 강물 줄기가 중심을 잡고 있었기 때문이다. 그 '사랑'은 아가페agape적 요소와 에고티즘egotism적 요소가 결합된 애愛와 증症이 하나의 강물 줄기로 흐르고 있다는 것을 인식할 수 있었다.

문득 맹자의 말이 생각난다. "사랑은 사람의 편안한 집이요, 정의는 사람의 올바른 길이다. 편안한 집에서 살지 않고, 올바른 길을 가지 못하면 슬프다."라고 역설한다. 김빈 시인의 시에 등장하는 '그, 당신'은 올바른 길을 가지 못하고 죽음에 이르는 순간까지 도박게임에 중독된 삶으로 그 자신도 슬픈 생이었고 작자인 김빈 시인에게도 애증으로 얼룩진 슬픔과 통한을 남기고 떠났다. 이런 까닭으로 김빈의 이번 시집은 결국 남편에 의하여 탄생된 시로 남편을 위해 바치는 '사부가思夫歌'라 이름하여도 부족함이 없을 것 같다.

몸이 안 좋아지자 일주일을 게임방에서 살았습니다

나는 게임방에서 쓰러질까 조바심을 내고 끝내 입원 후 일주일 만에 당신과 이별을 했습니다

예감을 하고 먹고 싶은 것이라든가 하고 싶은 것이라든가 나에게 남기고 싶은 말 있으면 남겨달라고 미련을 떨었습니다

내 미련에 정점을 찍듯 당신이 나에게 유언처럼 남긴 말은, 이제 게임도 못 할 것 같다며 게임방에 남겨놓은 십만 원 있으니 찾아 쓰라고 했습니다

당신의 무거웠던 삶의 무게를 내려놓으니 버거웠던 내 어깨가 홀가분합니다

지탱했던 모든 것으로부터 맥없이 흘러내려 힘이 빠지는 것 같기도 합니다

서로 힘겹게 버티며 살아냈던 모든 것에서 벗어난 흐름의 여유도 없이 당신이 있어도 없어도 이 허허로움은 어디에서 오는 쓸쓸함일까요?

이제 괜찮아, 괜찮아질 거야 꿈에서도 현실에서도 되뇌며 나는 당신에게 당신은 나에게 어떤 형상으로든 스미어 당신의 자유와 나의 평안이 그 어떤 빛에라도 반사되어 흐르기를 내가 살고 있는 일상에 당신의 자유를 저장합니다

나의 평화를 응원합니다

— 「그럼에도」 전문

114

이 시는 마치 서간문 형식으로 '당신'을 향한 헌사이자 '나'에 대한 고백의 헌사다. '유언'처럼 남긴 말, "이제 게임도 못 할 것 같다며 게임방에 남겨놓은 십만 원 있으니 찾아 쓰라고 했습니다"에서 '당신'인 '그'가 얼마나 게임에 중독되어 살다 간 사람인지 암시된다. 얼마나 오랜 세월 동안 게임으로 인하여 '나'인 화자를 힘들게 하였으면 이토록 담담하게 "당신의 무거웠던 삶의 무게를 내려놓으니 버거웠던 내 어깨가 홀가분합니다"라고 고백하였겠는가! 그러나 화자는 "이 허허로움은 어디에서 오는 쓸쓸함일까요?"라고 자문자답한다.

　"당신은 나에게 어떤 형상으로든 스미어 당신의 자유와 나의 평안이 그 어떤 빛에라도 반사되어 흐르기를" 혼자 위로하고 치유하듯 "괜찮아, 괜찮아질 거야"라며 읊조린다. 그리고 '당신'이라는 '그'가 마지막 숨 멈추던 그 순간을 한 장의 「가족사진」으로 묘사한 다음의 시는 깊은 여운을 남긴다.

　손자가 말했다

　할아버지 사랑해요

감긴 눈 다시 뜨더니

가족사진 찍듯

남은 한 호흡으로 모두를 담고

눈을 감았다
— 「가족사진」 전문

　절박함 속에서도 오히려 여유로운 듯 마지막 눈 감는
순간을 이토록 고요하고 침묵 같은 미학으로 그려낸 가
편佳篇이다. 어찌 이리도 담담하게 표현할 수 있을까? 고
요함 속에서 요동치는 정중동靜中動! 그 파고의 정서가
아니었을까? 애증으로 얼룩진 인생의 파고波高! 김빈 시
인은 자신의 삶을 포장하거나 위장함이 없이 거의 사실
적으로 묘사한다. 그래서 오히려 감동을 불러일으키는
그의 정서에 공감하게 된다. 앞에 소개한 두 편의 시는
'그'의 마지막 길에서의 유언이고 한편으로는 영원히 눈
을 감는 순간의 장면을 침묵 같은 정적으로 생을 마감하
는 순간이다. 그런데 '그'가 왜 이렇게 일찍 이 세상을 떠
나야 했을까? 그것은 도박과 함께 몸속에 둥지를 튼 암
때문이었다. 「지워진 말의 뼈」 1연에서 화자는 이렇게 진

술하고 있다. "그가 폐암 말기 판정을 받았다/ 조직 검사 받으러 서울병원에 입원한 동안/ 차와 핸드폰이 내 머릿속에서 방전되었다"고 고백한다. '그'의 암 판정을 듣는 순간 화자는 모든 사고와 생이 다 방전된 듯 캄캄해졌음을 암시한다.

나는 너의 눈이 되고 입이 되고 기억이 되어 너의 숨소리를 듣는다
너의 깜박이는 눈으로 소리를 듣고 너의 몸을 만지며 세포를 깨운다
검은 눈과 마주칠 것 같은 예감을 창으로 흘러들어오는 햇살에 지운다
네 눈가를 흘러 내 심장에 박히는 눈물은 별의 발등에 묻는다
살아남은 자의 무게를 지우는 햇살
빛은 어둠을 관통해 길을 찾아 돌아 나오고 있다
나는 닫히지 않는 귀를 애써 닫으며 꿈을 꾼다
너에게로 다시 돌아오기를
—「식물인간」 전문

2023년 7월 3일 월요일 입원

길어야 일주일입니다

준비하시라는 의사 선생님 말씀이 까마득하게 흘러들어왔다

나는 그를 간병하다 지쳐 대상포진에 시달리고 있었다

내가 나를 용서하고 사랑할 수 있을 때라야 기도가 나올 것 같아

천지가 뚝 끊긴 나는 그를 지켜보는 일뿐 아무것도 할 수 없었다

불 꺼진 신음 속에 어둠이 짙게 몰려오고

신음 소리마저 잦아들면서 말도 할 수 없게 되었다

아무것도 필요 없으니 아프지만 말게 해달라고 해

그는 고통 때문에 마약에 의존해 일주일을 살았다

그마저도 시간이 지날수록 아무 소용이 없었다

많이 힘들게 했던 사람 그래도 내가 더 많이 사랑했던 사람

그가 떠난 후 기도가 터지고 못 해 준 거만 기억에 남아 있다

말랐던 눈물이 흘러 그를 위로하고 있다

좋은 곳으로 잘 가세요

그리하여 내가 세상에 마음 버린 날 그대가 날 위해 기도해주세요

2023년 7월 9일 일요일 저녁 6시 27분에 사망
— 「소망일지」 전문

이 두 편의 시는 일기 쓰듯 마지막 순간의 그 암담하고 참담했던 심정이 적나라하게 그려져 있다. 더 이상 무슨 말이 필요하랴! 햇살마저 "살아남은 자의 무게를 지우는 햇살"이 되고 "빛은 어둠을 관통해 길을 찾아 돌아 나오고 있다/ 나는 닫히지 않는 귀를 애써 닫으며 꿈을 꾼다/ 너에게로 다시 돌아오기를"처럼 간절한 간구로 꿈을 꾸듯 기도하는 시다. 그리고 마지막 숨결 같은 「소망일지」를 쓸 뿐 불가항력 상태에서 화자는 절규한다. "많이 힘들게 했던 사람 그래도 내가 더 많이 사랑했던 사람/ 그가 떠난 후 기도가 터지고 못 해 준 것만 기억에 남아 있다/ 말랐던 눈물이 흘러 그를 위로하고 있다"고 고백한다. 한 생명의 마지막 순간은 이토록 처절하고 비통하다. 이렇게 김빈 시인의 '그'와 '당신'이란 이름은 이 지상을

떠나고 말았다. 지난 7월 9일은 어느새 '그'가 떠난 1주기였다고 한다.

2. 길고 먼 강을 건너며

게임중독에 빠져 살던 '그'라는 존재의 자화상 같은 '그'의 생활상을 그려낸 작품을 통하여 김빈 시인의 '인생 이야기'에 좀 더 귀 기울여보자. 앞에서도 언급하였듯이 이번 시집은 남편에게 바치는 '사부가' 아니면 '원망가'라고 할 만큼 대부분의 작품이 남편을 주제로 하고 있다.

「하자보수」, 「놋」, 「중독」, 「우린 삐에로」, 「영혼을 털린 자」, 「배수공사」, 「적도의 남자」 등등 대부분의 작품이 '그'라는 존재가 술과 도박에 중독된 이야기로 전개되어 있다.

시작부터 삐거덕거린다

일꾼들 부려놓고 그는 공사비 챙겨 사라졌다

도박장에서 웃음을 지전처럼 날리며

그 순간

한 손에는 술병을, 한 손에는 담배를 피워 올리며 천국을 맛보겠
지만

허공에 머리를 박은 채 바닥까지 추락하는 영혼

생사로 겹쳐 흐른다

예보에 없던 비 지나가고

봇물처럼 터져버린 공사비 파장은

아직도 보수 중이다
   —「하자보수」전문

빈껍데기로 돌아왔다
그는 허방을 걷는 듯했고, 눈은 풀려 영혼을 뺏긴 자 같았다
밥을 찾을 때와는 달리 슬며시 들어와 이틀 밤낮을 죽은 사람처
럼 잤다

도무지 이해할 수 없는 탈탈 털린 그의 허상

차를 걸고

집을 걸고

마누라까지 걸었겠다

그는 꿈속에서도 영혼을 팔고 있었다

잠에서 깨자 씩 웃고는 꿈이 좋았다며, 옷을 갈아입고 집을 나갔다

그의 끝은 도박 천국일 것이다

―「영혼을 털린 자」 전문

체면에 빠져서 어둠이 깊어가는 줄 몰랐다

너의 밥은 술이며

너의 위로는 도박이며

연실 뿜어대는 담배는 너에게 약이다

어둠이 깊어질수록

나는 자꾸 별을 걸어두었다

나의 쓸데없는 미련이 너를 늪에 빠지게 했고 착각은 깊어졌다

중심이라 믿었던 내 믿음이 나를 아프게 했다

나는 웃고 있지만 내 웃음 뒤엔 네가 있다

이제 나는 그 늪에서 너를 꺼내주기로 했다

사람들은 우릴 위로하지만

사실은 웃고 있다

착각의 늪에서 빠져나오기로 했다

이 세 작품 속에는 '그'라는 사람의 행위와 삶이 잘 암시되어 있다. '도박'이다. 도박으로 인해 가정이 흔들리고 서로의 영혼이 흔들린다. 「하자보수」란 작품에서 알 수 있듯이 "일꾼들 부려놓고 그는 공사비 챙겨 사라졌다" 이 일을 어찌할 것인가? 암담하다. "예보에 없던 비 지나가고/ 봇물처럼 터져버린 공사비 파장은/ 아직도 보수 중이다"라는 표현은 아직도 '그'의 도박은 진행 중이라는 진술이다. 참으로 난처하고 참담한 상황과 정서를 잘 승화시킨 작품이다. 「영혼을 털린 자」에서는 '도박'으로 오는 피해가 더욱 구체적 사실로 서술된다. "차를 걸고/ 집을 걸고/ 마누라까지 걸었겠다/ 도무지 이해할 수 없는 탈탈 털린 그의 허상" 같은 빈 몸, 빈 영혼으로 '그'가 묘사되어 있다. 참으로 아픈 허상의 영혼이다. 인생이라는 긴 강을 함께 건너는 김빈 시인의 영혼까지 피폐하게 하고도 남았을 것으로 인지된다. 그러면서도 어쩔 수 없이 함께 가야 하는 부부는 「우린 삐에로」처럼 산다.

"어둠이 깊어질수록/ 나는 자꾸 별을 걸어두었다/ 나의 쓸데없는 미련이 너를 늪에 빠지게 했고 착각은 깊어졌다"(「우린 삐에로」)며 '그'의 잘못된 길을 화자 자신에게로 돌린다. 이런 심정이 어쩌면 델리키트delicate한 부부의 연戀인지도 모른다. "나는 웃고 있지만 내 웃음 뒤엔 네가 있는" 관계, 그리고 "우리는 한 몸 같으나/ 나는 늘 그에게서 벗어나길 원하며 그의 심장 안에 갇혔고/ 그는 내 시간을 체크하면서 꿈밖으로 떠"(「삭削」)도는 이런 관계의 연緣 속에 사는 것이 부부가 아닐까? 그러나 이런 삶의 여정은 어둡고 험하기만 하다. 김빈 시에 나타난 그의 여정은 온몸에 「못」이 박힌 채 「못」 같은 삶을 견디며 「먼 길」을 가고 있는 것으로 승화되어 있다. 그의 시에 등장하는 이런 인내와 고통의 흔적들이 우리의 인생을 되돌아보게 한다.

너를 가질 수 있다는 것은 통증을 받아들이는 일
네가 나를 향해 못질을 해도
함께할 수 있다는 것은
내 안에 네가 있기 때문에
숨 쉬는 일조차 엇박자라야 맞는 일

너와 함께한다는 것은 네 것을 받아들이는 일
가슴에 너를 대못처럼 박고
중심을 잡을 수 있었던 것은

상처를 잘 붙들어 매놓아야 하기 때문에
서로에게 남겨진 시간을 잘 조율해야 맞는 일
— 「못」 전문

이 시는 부부 사이의 어떤 진리나 이치를 깨닫게 하는
경서와 같다. 더구나 전통적으로 내려오는 우리 사회의
풍습에서는 특히 여성에게 참을 '인忍'을 큰 덕목으로 요
구했던 시대가 있었다. 부부가 함께한다는 것은 "통증을
받아들이는 일"과 같은 이치다. "네가 나를 향해 못질을
해대도/ 함께할 수 있다는 것은/ 내 안에 네가 있기 때문"
이고 "너를 가슴에 대못처럼 박고" 사는 것도 인내의 덕목
이었다. 어쩌면 구세대의 발상이라 할 수도 있겠지만 김
빈 시인의 시의 흐름에서는 증오에서 인내로 싹 튼 '사랑
의 덕목'이 자리하고 있다. 이때의 사랑은 맹자의 인仁 사
상에서 출발한 '측은지심'의 발로일 것이다. '그'라는 사
람은 곧 화자의 가슴 속에 '못'이 되었지만 "가슴에 너
를 대못처럼 박고/ 중심을 잡을 수 있었던 것은" 결국 그
'못' 때문이란다. 그 못은 결국 '애증'이란 큰 강물이 되어
거친 물살에 부딪히고 받히면서도 조화로운 듯 흐르고 있
다. 이와 같은 물살이 김빈 시인의 삶이면서 인생의 긴 강
을 건너가는 삶의 방식이 되고 있다. 그러므로 김빈 시인
이 그 거센 강물 줄기를 유유히 건널 수 있었던 것은 애

증이란 사랑의 숨결이 존재하였기 때문이다. 그런 고통을 감내해낸 것은 「내 안의 가시」가 돋치고 자라면서도 '그'와 함께하는 생이 「물의 길」이 되고 「강이 된다는 것은」과 같이 '그'에게 동화되어 같은 인생길을 걸어왔기 때문이다. 그러므로 김빈의 시에서 '강'이나 '물'은 화해 혹은 동화同化의 상징으로 승화된다.

강이 되고 싶었던 그가
강 위에 줄 하나 내리고 있다
강물이 흐르는 걸 알게 되면
쉴 곳과 머물 곳마저
떠내려가고 만다는 걸 알고 있다
짙푸른 물줄기 거슬러 오를
튼튼한 부레 준비하지 못한 채
입질 뜸한 강가로
세찬 바람의 티끌들
불안을 내린다
아가미 꿰인 푸른 울음으로
비린 기억을 낚아 올릴 그에게
가지런히 매달려
한 박자 한 박자
음계를 올리고 있다

— 「강이 된다는 것은」 전문

　위의 시에서 암시되었듯이 "비린 기억을 낚아 올릴 그
에게/ 가지런히 매달려/ 한 박자 한 박자/ 음계를 올리고
있다"는 것은 함께 강이 되고 물이 되는 함의를 지녔다.
그러면서 어느새 그 「물의 길」을 함께 건넌다. 이것이 김
빈의 인생살이이며 우리네 인생살이이기도 하다. 「물의 길」
이란 작품을 감상해보자.

　　물의 몸은 계단이다
　　계단의 양수로부터 우주를 자전하는 투명한 길을 간다
　　물의 하루는
　　계단을 따라 시작되고 계단을 따라 끝난다

　　끊임없이 어디론가 미끄러지듯 간다

　　물의 층마다 생의 계단을 쌓다가
　　홀연히 등을 돌리고 가는 일이다
　　손닿지 않는 곳에서 만나는 일
　　어둠 속에서 깨어나는 일
　　그것은 다시 환생하는 일이다

질풍노도로 빠른 속도와 지리멸렬하게 느려지는 물은
어느 한 지점에서 한 몸이 된다
삶과 죽음이 내 속에서 투명하게 빠져나갈 때
순응의 발자국으로 찍히는 물 계단
출렁이는 계단 위로 돌아가는 나는 늘
나를 만나지 못한다

계단을 따라 내려가는 시작은 멀고
바다를 건너려는 끝은 사라진다
　　　―「물의 길」 전문

　위의 시, 「물의 길」은 한층 암시적으로 은유된 시다. 이
시에서 중요한 포인트는 "어느 한 지점에서 한 몸이 되는"
일이다. 시적 대상이 된 '그'를 용서하고 화해하는 심상의
발화이다. 몸과 마음이 한 몸일 때 "어둠 속에서 깨어나
는 일"이 될 수 있고 "그것은 다시 환생하는 일"이 될 수
도 있다. 그리하여 화자의 마음에는 「오월의 장미」와 같
은 환희가 출렁이게 된다.

　커피색 노래와 물빛 싯귀 뒤섞이며
　내 가슴이 파도치는 건

별빛 같은 사랑을 쓰고 싶은 거야

장미꽃 한 송이에도
마음이 출렁이는 것은
사랑이 하고 싶은 거야

삐에로처럼 살아가는 내가
깊어지는 빗소리에 깨어 있다는 것은
아직도 나에게 사랑이 자라고 있다는 거야

슬픔이 가시처럼 박혀 있어도
하늘이 더욱 가슴에 가깝게 젖어오는 것은
장미꽃 같은 사랑이 남아 있다는 거야

바람에 하늘거리는 꽃들이
싱싱하게 웃고 있다는 것은
오월이 내 가슴속에 피고 있다는 거야
— 「오월의 장미」 전문

이 시의 포인트는 장미꽃 같은 '사랑'의 감정이다. 더없
이 순수하고 해맑은 사랑이 출렁이듯 감각적으로 다가오
는 미학이다. 어둡고 그늘진 이미지만을 그려내던 김빈

시인의 정서에도 이렇게 발랄한 사랑이 춤추고 있다는 것이 다행이다. 그것은 각 연마다 끝 행에서 그 심정과 심상이 잘 승화되어 있다. "별빛 같은 사랑을 쓰고 싶은 것"이고 "마음이 출렁이는 사랑이 하고 싶은 것"이며 "아직도 나에게 사랑이 자라고 있다는 것"이고 "장미꽃 같은 사랑이 남아 있다는 것"이며 "오월이 가슴 속에서 피고 있다는 것"이라고 묘사한다. 리드미컬rhythmical한 한판 노래를 듣는 듯한 그의 서정적 정서에 깊게 동화될 수 있는 미학이다.

3. 구원의 시 쓰기에서 시인의 길로

김빈 시인에게 문학이란 과연 무엇일까? 그에게 문학은 그의 구원이 될 수 있었을까? 앞에서 언급한 대로 처음 그가 시를 쓰기 시작한 것은 딸을 잃은 절망적 슬픔과 아픔에서 시작되었다. 일기를 쓰듯, 딸의 영혼에게 편지를 쓰듯, 그는 자신의 한과 고통을 글을 통하여 달래고 기도하듯 시를 썼다. 이런 연유의 글쓰기가 김빈으로 하여금 문학의 길로 발을 올리게 한 것이다. 그런 가운데서 그는 글을 통하여 구원을 얻을 수 있었고 문학적 성과도 크게 거두는 시인이 되었다. 그는 전국 단위의 각종 백일장과 공모전에서 '장원' 혹은 '대상'으로 당선된 작품만도 7~8개

이상 될 만큼 많은 상을 수상했다. 이런 경력으로 이번 시
집에서도 그의 문학적 재능을 과시하는 작품이 두루 시선
을 집중케 한다.

    닿지 않을 것 같은 발자국 따라간다
    눈조차 뜰 수 없는 삶 맑게 고인 눈물을 닦는다
    회오리로 일던 모래바람 가던 길 돌아보게 한다
    핑계 없는 이웃 뿌리까지 흔들며 지나간다
    사막을 돌아 나온 바람 뼛속을 뚫고 간다

    기억을 걸어온 환한 세상

    사막의 한가운데서

    기억이 기억을 지우다 더 선명해진다

    집으로 돌아가는 바람

    분다, 분다, 황사 바람 분다

    내 인생의 아웃사이더
    ―「고비사막」 전문

'고비사막'은 몽골고원의 중부에 있는 사막이다. 그러나 여기 김빈 시인의 '고비사막'은 마음의 사막을 은유한다. 얼마나 마음이 피폐하고 힘들었으면 자신의 인생길을 '사막'에 비유했겠는가! "사막 한가운데서// 기억이 기억을 지우다 더 선명해"지는 자신의 인생을 되돌아보는 심상이다. 그리고 그 인생을 "내 인생의 아웃사이더"란 여운으로 함축한다. 끝이 없는 여운은 예술작품으로서의 감동을 안기고도 남는다.

저녁이 앉아 있다

식탁 위에 빨간 말 알을 슬고 있다

녹지도 않으면서 밀주 속으로 말의 씨가 가라앉고 있다

기억은 지운다 해도 순간은 지워지지 않는다

잠깐 현실이고 견뎌온 날 멀다

절망까지 가려면 얼마나 깊은 기도가 나를 숨 쉬게 할까

언 땅 움켜쥐고 매 순간 도피 중이고 유배 중이다
　—「식물의 감정」전문

　'식물'이라는 객관적상관물을 통하여 화자의 감정, 즉 정서를 절묘하게 승화시킨 작품으로 절창이다. 이 시 속에는 "저녁이 앉아 있다// 식탁 위에 빨간 말 알을 슬고 있다"와 같이 화자의 쓸쓸하면서도 아픈 마음의 상처가 후광처럼 일렁인다. "잠깐 현실이고 견뎌온 날 멀다"는 역설적paradoxical 어법을 썼지만, 현실적으로는 '견뎌갈 날이 면' 것이다. 같은 역설적 이치로 절망 속에 존재하면서도 "절망까지 가려면 얼마나 깊은 기도가 나를 숨 쉬게 할까"라고 역설한다. 절망 속에서 절망을 극복하려는 발화의 고조다.
　이 밖에도 김빈의 문학적 소양을 잘 드러낸 작품으로는 「결」, 「낙화」, 「외투」, 「신호등」과 같은 작품들이 그의 숨결인 양 감동으로 다가온다.

　노을 속으로 날아가던 새의 계절이 끝나고 있다
　어둠의 무게 뿌리를 내리고 살아냈던 기억은
　꽃잎처럼 흩어져 날리고 있다

이제, 아이가 되어 별빛 마음 제 안에 두고자

핑그르르 눈물이 돌 듯 용기를 낸다

혼자서 먹먹했다는 것은 오류였다

별이 진다

허방을 건너듯 하늘을 다 품었다고 되새겼다

그 하늘 다 품고도 폐허처럼 둥지가 없었다

폭풍처럼 일던 회오리 속에서도

자유였던 것 하나씩 풀어 올리며

사랑을 잃지 않으려 아프게 옭아맸던 길

사랑하는 일이 사는 일보다 버거울 때

뼛속까지 허물을 남기면서 속으로만 끌어안던 응어리

그리워했던 것들은 사라지고 아팠던 생이 홍시처럼 뭉클해진다

　　　　　　　　　　　　　　　　　　—「낙화」 전문

　'낙화!' 제목만으로도 쓸쓸한 이미지다. "어둠의 무게 뿌리를 내리고 살아냈던 기억"이 "꽃잎처럼 흩어져 날리고 있다"는 진술은 이 시집에서 중심이 되어 있는 남편의 게임중독으로 인하여 김빈의 어두웠던 삶이 연상되는 심상이다. 그러나 "별이 진다"고 하였듯 그는 갔다. "폐허처럼 둥지가 없다" 그리고 끝내 "그리워했던 것들은 사라지고 아팠던 생이 홍시처럼 뭉클해지는" '낙화'일 뿐이다.

따듯한 바닥에 등을 밀착시켜도/ 춥다// 거기, 몸속 깊은 곳에서/ 천 년을 살아도/ 뼛속까지 결핍이다// 가을은 길을 돌아 나선다// 허기진 마른 잎들과 함께/ 무덤 속 어둠마저/ 나를 묶고 간다// 혈관 속을 타고 가는 바람처럼/ 지치고 무너지던 무거웠던 삶이/ 내 목울대를 조인다// 바라만 보던 팽팽한 그의 외도/ 밀봉되지 않은 결이 되어/ 평행선으로 튼다// 어둠의 입술이 내 푸른 핏줄을/ 도려낸다

　　―「결」 전문

'결'의 사전적 의미는 나무, 돌, 살갗, 비단, 따위의 조직이 굳고 무른 부분이 모여 일정하게 켜를 지으면서 짜인 바탕의 상태나 무늬를 이르는 말이다. 김빈 시인의 '결'은 그의 몸과 마음속에서 일어나는 보이지 않는 어떤 '파장'을 '결'로 승화시킨 이미지다. 그런데 그의 그 '결'은 햇살 같은 이미지가 아니라 "어둠의 입술이 내 푸른 핏줄을/ 도려낸다"고 할 만큼 어둡고 아프고 그늘진 '결'이다. 김빈 시인의 마음의 파장인 그 '결'의 상승은 어쩌면 「내 안의 가시」가 되어 동숙하는 이미지로 연상된다.

등 떠민 세상으로/ 꿈꾸던 너와의 시간 지우고 가는/ 어둠의 발목들은 차고도 깊다// 여러 해/ 튼실한 뼈들만 추려내는 동안/ 상처는 수없이 도졌다/ 흐릿해져가는 기억조차/ 내려놓지 못하고 있다// 나를 잠그고 있는 기억의 암호,/ 그 암호를 묶어둔 사슬이/ 헐렁해져 갈 때/ 신열이 일어나 꿈틀거린다// 뼈를 파고들던 상처/ 붉게 젖은 길마다/ 빛이 흘러들어 마른 가시가 된다

　　—「내 안에 가시」 전문

　작중 화자인 김빈 시인이 인생길에서 받은 '상처' '절망' 같은 아픔들이 '가시'로 상징화 된 작품이다. 그 '가시'로 인해 "신열이 일어나 꿈틀거리"기도 하고 "뼈를 파고들던 상처/ 붉게 젖은 길마다/ 빛이 흘러들어 마른 가시가 된다"고 호소한다. 아픈 혹은 아팠던 삶을 형상화한 작품으로 공감대를 형성한다.

　"시간의 껍질 속에 갇혀"버린 삶 앞에서 "빛의 속도로 떨어진 시간 속에서" "응급으로 달려온 심장도 그와 함께 정지해" 있던 "생과 사를 세 바퀴쯤 돌아서 인공호흡기에 내 심장과 함께 숨을 매달고"(「하트 핫」) 폭풍처럼, 파도처럼 살아온 김빈 시인의 시 세계를 감상해보았다. 우리는 그의 작품을 통하여 인생이란 무엇이며, 또 문학이란 무엇이고 그 기능은 무엇인가를 되돌아볼 수 있는 기회를

얻기도 했다.

앞으로는 그가 가는 길에 풍성한 가을 햇살 같은 알곡으로만 가득 채워지기를 바라는 마음 간절하다. 그리고 이 지상을 떠난 김빈 시인의 동반자였던 그 사람에게 바치는 이 노래가 한 권의 좋은 시집으로 탄생되어 각광받기를 기대하는 마음 크다. 끝

달아실 기획시집 35

식물의 감정

1판 1쇄 발행   2024년 9월 13일

지은이   김빈
발행인   윤미소
발행처   (주)달아실출판사

책임편집   박제영
디자인   전부다
법률자문   김용진, 이종진
기획위원   박정대, 이홍섭, 전윤호
편집위원   김선순, 이나래

주소   강원도 춘천시 춘천로 257, 2층
전화   033-241-7661
팩스   033-241-7662
이메일   dalasilmoongo@naver.com
출판등록   2016년 12월 30일 제494호

• 잘못된 책은 구입한 곳에서 바꿔드립니다.
• 책값은 뒤표지에 표시되어 있습니다.
• 이 책은 강원문화재난의 후원으로 제작되었습니다.